숨어 우는 무지렁이

안영준 제2시집

시인의 말

사색에 젖어
깊이 숨어 있는 사유를 더듬으며
감정을 긁어내는 글쟁이가 되려고 한다

최고가 아닐지언정
최선을 다하고 내 영혼을 차츰 달래가며
생채기가 아물어지도록 하려 한다

사물을 접할 때마다 감성으로 대하고
글로 승화시켜 습작하는 태도를 준수하며
마음을 다듬고 가슴에 젖어 있는 것들을
하나씩 꺼내 널어 본다

시인 안영준

중년의 길

존재하지만 늘 변화하는 게 삶이고
허공에 덩그러니 놓인 것처럼
고적한 것이 인생이다

동토를 뚫은 새싹들처럼
볕과 비를 그리워하며
매 순간 답을 찾아가는 나그네 인생인 것

인생 막 내릴 때까지
그 후 영혼까지도 얼룩이 남지 않길
그 숨결 하얀 내 심지에 파란 불 지핀다

엉클어진 운명일지라도
희로애락으로 한 올 한 올 풀어가는 신념하에
영혼과 육체를 그대들께 베풀고 싶다

* 목차

* 목차

* 목차

* 목차

스마트폰으로 QR 코드를 스캔하면
시낭송을 감상할 수 있습니다

제목 : 어머니와 상봉
시낭송 : 박영애

영상은 YouTube 정책 또는 운영 관리에 따라 삭제될 수도 있습니다.

시인은 자연을 이야기하고 시낭송가는 자연을 품었다
글자는 날개를 달아 언어로 날고 소리는 자연에 눕는다

신문

때때로 목마른 당신에게 꼭 필요로
소중한 대우를 받으며 품에 안기곤 했는데
이젠 무심하게 박대를 당하는 입장이다

아직은 살아 숨 쉬는데
예고 없이 닥친 숙명 아직은 이별이 익숙지 않다
서글프나 만물의 이치는 그런 걸

세상과 동행하다가 서서히 혼을 잃고 쓰러져
허접한 안치실에 있다가 영구차에 몸을 싣는다

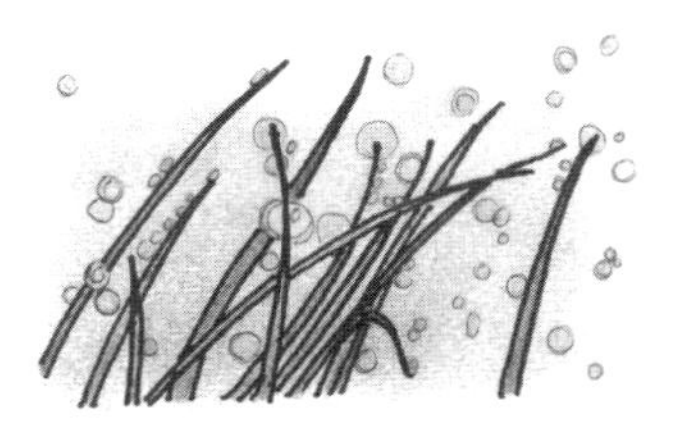

천사 화가

천사는 오늘도
색다른 그림을 그려 준다

파도의 발길질에
고기 몰이하던 조각배는 등 돌리고

황금 들녘엔 새 떼들 분주하며
시냇가 물오리 사공 짓은 한가롭고

양 떼들 마당놀이에
금잔화 한 송이 활짝 피었다

오늘도 여전히 꼼지락거리는
천사의 붓대 놀림은 멈추지 않는다

미리 오는 싱그러움

부끄러움 없이 봉긋 모공을 열고
허공을 깨문다

불굴의 의지 하나로
살갗을 찢고 그 자리 미를 붙인다

햇살에 움지럭거리고
대지 위에 다소곳이 미리 와 있다

배시시 끼를 발산하며
아지랑이 품 안에 매혹으로 머문다

겉절이

계절을 앞질러 와
청치마를 두른 푸성귀는
찢어지는 아픔도 감수하고
적당 크기로 절단되어
매콤한 양념과 버무려지는
쓰라린 자극을 겪게 되며
그렇게 살다 가야 하는 것을

갈대의 순정

뜬구름 잡으려
목을 빼고 허공을 헤맨다

바람이 악을 써도
바락 하지 않고 흔들어 준다

자식이 자라기 전까지는
제 속을 비우며 덮어 주고 다독인다

시절에 순응하고 새봄 맞으며
자식과 삶을 교대하고
그 자리에 쓰러져 흙에 묻히는 갈대

물과 얼음

마찰음을 내며 헤어졌다 재결합하여
무 구동으로 덜컹거리지 않고 거침없이 굴러간다

자연의 섭리에 응하고 끌림 없이 흐르다가
웅덩이에 모여들어 괴괴함으로 굳어 간다

무색의 물렁물렁한 내면을 끌어안고
갈수록 두껍게 살을 붙이며 몸을 늘려 간다

움직임이 없는 것은 절대적 죽음이라 하지만
이는 속을 덮고 유유자적하고 있을 뿐이다

마취가 풀리면 청순함은 되살아나
유연한 나그네 되어 세월에 실려 노를 젓는다

꽃상여

지구의 품에 안겨
굽이굽이 걸어온 여정

님들과의 연줄을 끊고
낯선 길로 접어듭니다

발자국도 남기지 않고
가시는 길 지켜봅니다

화관 쓰고 가신 길
거기도
나쁘진 않은가 봅니다

후에 깨달음

자나 깨나 당신께서 걱정이시더니
자나 깨나 당신의 모습이 선하게 보입니다

늘 당신께서 생각나게 했었기에
잊히지 않고 가슴 복판에 섬기고 있습니다

그때부터 그랬고 지금도 그렇습니다
나 죽는 날 그때까지 그럴 것 같습니다

왜 그리하셨는지 당신께서는 모르실 겁니다
왜 그리하셨는지 나 이제 알아가고 있습니다

그렇게 했던 것은 당신의 자식이었고
그러는 것은 저의 어머니이기 때문입니다

눈을 멀게 한 천사

외로운 길을 가던 사내는
길섶에 서 있는 천사를 발견한 순간
눈에서 불꽃이 튀고
앞뒤 분간할 여지도 없었습니다

귀신에 홀린 것처럼
정신이 혼미해지고 차츰 시력을 잃어
한 치 앞도 볼 수 없게 되었지요

천사는 어느새 그 사내 곁에 와
따스한 손이 되어 주고 있었습니다

빠른 심장 박동은 손에 땀을 쥐게 했고
그대라는 이름을 지어 주었으며
무지개 한아름 안고 하늘을 날았습니다

봄이 오는 길

동절기
민낯으로 있던 벌거숭이는
분장을 시도하려 한다

생명 잃은 듯 남루한 차림에
나뭇가지는 상큼함이
움트고 있다

물 건너 동백 눈망울 터트릴 때
홍매화 향기 날린다

훈풍의 입김에
새봄은 시나브로 재 넘어
오고 있다

비 젖은 그림자

묵은눈은 녹고
봄비는 어스름을 헤맨다

외등 아래 비 맞고
방황하는 허연 그림자는
찢기는 아픔을 느끼며
비틀거린다

가는 빗소리에 덜컹거리는
울적함은 질퍽하니 젖어
애수를 건드린다

빗줄기 잠잠해지면
발자국 되밟아
잊었던 선연 찾아 나서련다

다시 온 모정

겹겹이 쌓인 눈 지르밟고
흰 버선 신고 걸음걸음 흔적 없이

설한풍 피하지 못하고 삼베 적삼 휘날리며
갸름한 얼굴로 오셨습니다

백목련 꽃잎 터지듯 환하게 웃으시는 걸 보고
나 모르는 눈물이 양 볼을 데웠습니다

당신께서 걸어오신 길
흐린 기억 너머에서 아직도 남아 있음이
가슴을 후벼파내듯 합니다

그때는 그게 뭔지 모르고 흘렸는데
지난 후 뒤늦게 생각해 보니 그게 전부
사랑이었습니다

간절기

눈보라 맞는 소나무는
몸부림치며 가혹함을 당하더니
백 화관 쓴 아름다움으로 우쭐댄다

천사가 몰려와 앉아있듯
나목에 핀 상고대는 고혹에 젖게 한다

내려가던 해는 멈춰서 광선을 밝히고
묘미를 맛본다

순풍에 버들강아지 살랑살랑 꼬리치고
내 마음도 흔들흔들 잡을 수 없다

붕어빵

우윳빛 점액은
감옥에 갇혀서
몸을 놀릴 수가 없게 되었다

부자유의 질곡에
온몸은 차츰 굳어져 간다

아가미에 검붉음은
토하는 격정의
씁쓸함이 걸린 것일까

환생으로의 달달함일까

사이비 교주

가짜가 가짜라 하지 않으며
진짜를 가짜라 속이고 포교하는
속이 검은 불량한 존재가 있다

인류 역사에 깊은 상처로 남을
심각하고 어려운 역경의 사태에도
잠꼬대 같은 소리를 씨불인다

썩은 씨앗을 물고 다니며
이를 싹 틔우려 되지 못한 말을
내뱉어 오염을 시키며 용트림한다

자신도 진리를 깨닫지 못하면서
헛된 경전을 전파하려 하는
알 수 없는 일부 집단의 교주는
대장 노릇 하며 타 종교를 좀 먹인다

선 선 선

맺지 못할 것이라면 탐하지 말 것을
떠나보내고 사랑을 탓한들 무슨 소용

울타리를 뛰어넘은 동물들이
그 자리에서 잠들어야 하는 처참함

무단횡단을 하게 되어 생명을 팽개치고
영원히 가야 하는 안타까움

인류 사회를 멍들게 하는 신종 전염병
지구를 떠들썩하게 하는 병마와의 사투

넘지 말아야 할 선을 넘은 엇갈린 추악함

꽁치의 변신

여린 몸은 번뜩이는 칼을
받아먹으면서 뼈와 살이 분리되고
생전 단 두 글자 이름마저 잊혀간다

낯선 뭍으로 올라와 속을 비우고
추위에 떨고 있는 살점은
지는 노을 붉은빛을 품 안에 부른다

주리 틀에 거꾸로 매달린 채
고문을 받으며 꼬들꼬들 말라지는
몸뚱이는 한 서려 눈을 감지 못하고
또 다른 이름을 달고 재탄생한다

꽃샘

잔설을 토닥이고 올라온 봄나물은
놀라 경기(驚氣)를 하며 칭얼거린다

겨울을 못내 놓지 못하는 하늘에
길 잃은 철새의 날갯짓은 힘에 부친다

몽글몽글 오르던 새싹은 움츠리고
목련 몽우리는 주둥이를 꽉 다물었다

강설 늘어진 실버들은 경직되었고
멀건 하늘 얼룩진 구름은 멀미한다

노심초사

가셨는데
가다 말고 계시네요

화롯불에 아기 놓은 듯
당신은 곁에서
늘 지켜보고 있으십니다

자식이 뭔지
유달리
끔찍하게 생각하시고
일취월장을 바라던
어머님

왜 그래야 합니까
왜 그랬어야만 합니까

삼월의 눈물

목이 찢어지도록 소리치고 가슴을 옥죄며
자갈밭을 뛰었습니다

악을 쓰고 외치며 눈물로 얼룩진 양손에는
뜨거운 조국의 한이 들려 펄럭입니다

떨리는 분노의 심장은 터질 듯
총칼 앞에서도 널따란 가슴을 들이댔습니다

세찬 회오리 떠나고 양지바른 자리에
그 흔적은 시퍼렇게 응고되어 남아 있습니다

외친 독립은 뜨거운 파도를 만들었고
영원 속에 찬란한 은빛 물결을 이루었습니다

만남과 이별

우리 둘이 연인이 되던 날 찻집에 앉아
내리는 비만 물끄러미 바라만 보고 멋쩍게
마주했던 기억은 잊지 않았는지

몇 년 후 딱 그날 그 옆 술집에서 멋쩍게
아주 멋쩍게 얼굴을 달구며 마주했지
붉어 오르는 것은 술기운 때문만은 아니다

지갑엔 거래 정지된 신용카드 몇 개하고
천원 지폐 두 장뿐 막차 시간은 다 되어 가는데
쉽게 떨어지지 않는 발걸음은 무겁기만 하다

너와 나는 헤어지면서 보이지 않을 때까지
등만 물끄러미 보고 흐느껴 눈물을 흘리며
너는 저쪽 편에서 나는 이쪽에서 막차를 탔다

돌림병

삶은 어수선하기만 한데 엎친 데 덮친 격
거미줄 엮이듯 얽히고설켰다

미로를 뚫고 다니듯
깊은 곳 가슴을 긁는 혈은 열받게 한다

병마와 사투를 하며 앓는 소리가
세상을 울리고 끝내 눈물을 고이게 한다

검은 눈동자는 초점을 잃었고
멀건 망막엔 끝내 눈물도 메마르게 했다

개나리

갈래갈래 속살 펴고
하늘을 향하지만
보이는 건 허상

행렬하듯
온갖 교태를 떨며
전신을 진하게 물들이는
따스한 춘심

보드라운 살결에
미소 가득 머금은 입술

냉기 먹고도
한낮 한 움큼 햇살의 온기로
스멀스멀
피워 오르며
속 깊은 마음마저 훔쳐 간다

불청객에게 당한 시련

불쑥 올라 세상을 보려 했던 것은
큰 욕심이었던 걸까

동토를 비집고 나왔지만
비둘기 입에 쪼이고 밟히는
모진 시련은 아픔으로 남았고

광풍의 장난에
질식된 푸성귀는
땅 껍데기에 허우적거린다

갑자기 들이닥친 불청객들은
지독한 절통을 겪게 했고
혼미해진 초록은 동적이 멈췄다

피어나는 봄

마을 어귀 외로운 한 그루 목련
백의 천사 되어 하늘을 훨훨 날고 있다

송골송골 이슬 머금고
낭떠러지에 자리 잡은 진달래
바람을 불러 달콤한 애무를 청하고
발그레해진 얼굴로 몸 둘 바 모르고 있다

솔바람 찾아드니
간지러운 봄볕에 슬그머니 벌린 입술
노랑 병아리 담벼락에 올라가
허공 보고 지줄대며 함박웃음 짓는다

터트리는 너의 미소를 보기 위해
이제나저제나 삼백 날을 넘게 기다렸다

목련화야

굳었던 땅 껍데기는 푸석해지고
하루에도 두 계절을 오가는 춘분의 오후

움츠렸던 만물이 소생하여 허리를 늘리고
낯선 듯 사방을 두루두루 둘러봅니다

봄비를 흠뻑 먹은 순백의 목련화는
선회하는 바람의 애무로 흔들려 떨어집니다

봄볕의 꼬임에 누구보다 먼저 나와
일광욕을 즐기다가 우듬지마다 터트린 미소

그 자태 영원할 줄 알았는데 가는 줄 모르게
맥없이 스르르 눈 녹아떨어지듯 합니다

짧은 삶

눈보라 비바람
스치고 지나간 자리
버려두었던
시간을 공격하고
승리한 초목은 허공을 더듬었다

비라도 퍼부으면
치장한 몸은
한방에 망가지고
화려했던 날은 얼마만큼 이던가

저마다
슬픈 감정을 머금고
먹구름 아래
맥없이 주저앉아 눈물 흘린다

자목련

군데군데 불그스레 멍든
가녀린 그녀는
따스한 햇볕 따라
여유 부리며 느긋이 외출 나선다

온유한 아침
햇살을 맘껏 먹고 기지개를 피며
부스스 눈부시고
슬그머니 세상을 포옹한다

한철 시림과 맞서
몸서리치며
묵묵히 성숙함을 지켜온 그녀는
홀몸 가누기도 버거워 보인다

퍼런 멍 자국에도
부끄럼 하나 없이 당당히 서서
물들어진 그대를
어떤 이름으로 다시 지어 부르리까

그리운 꽃

옆에 피어 있을 때는
진정 몰랐네

지고 난 후 그제야
알게 되었네

언제나
눈앞에 아른대는 꽃

꿈속에서는 환하게
더 잘 보이는 그 꽃

시간이 흘렀어도
가슴 깊이 머물러 있네

세월이 가도
끝내 잊히지 않아
난 울어보네
잊으려 눈물 흘리네

가볍지 않은 인생길

묵묵히 소처럼 몸을 부리며
잠시의 짬도 없이 말 뛰듯 뛰는 사이
중년을 넘어서 말년으로 향하게 되는 몸

긴긴 세월 동안 큰 뜻 큰 각오가 있었기에
심적이나 육체적으로 많은 고통이 따라도
감안하고 극복하며 살아가고 있지만
아직도 목표를 못 채우며 살고 있다

때론 어둠을 접하면서 이를 걷어내려
힘들게 몸을 꿈틀거릴 때도 있었지만
때마다 굴하지 않고 당당히 맞서 이겼다

그간 몸살을 앓고 시련을 겪은 만큼
그사이 뼈마디 하나하나가 굵어졌고
강인한 자로 남아 살아가고 있다

산수유꽃

한철 시림을 이겨내고 의젓이
무성함으로 향기를 피워낸 청아함

부푼 가슴으로 맘껏 머리 흔들어
피워낸 멋스러움을 가슴에 담아 본다

몽우리 풀어진 우아함 속으로
벌 나비 날아와 달콤한 입맞춤한다

곰삭은 어둠은 여명에 밀려 사라지니
얼기설기 별처럼 빛나는 꽃술

담장에 기대고 벙글어진 너를 보면
은하계에 묻힌 듯
하늘을 나는 자유의 영혼이 되고 싶구나

옐로우 순정

주막거리 끝 집에서
찢어지게 흐르는 유행가 노래가
화단에 꽃대를 춤추게 하고
짜릿한 전율을 느끼게 한다

산기슭 비탈 돌 틈에
한 그루 골담초 만발하고
쩍 벌어진 입으로
하늘과 입맞춤하는 옐로우 순정

여린 몸짓 화사함은
잔바람에 살랑살랑 교태 부리며
낮달과 진한 열애 중이다

대장장이가 만든 연장

우직한 검은 몸덩이는
코를 물린 채
벌건 구덩이로 몸을 담근다

홍조가 되어 나온 녀석은
죽도록 두들겨 맞고
다시 그 불구덩이로
들어가야만 했다

빨갛게 달아오른 몸뚱이는
두들겨 맞기를 반복하더니
물고문까지 당하고
그제야 정신이 들었는지
본심을 토하고
본연의 모습으로 돌아가
근면 성실한 일꾼이 되었다

사랑 꽃

세상을 마주하기 위해
마르고 진자리 어두운 곳에서
요란 떨지 않고 스멀스멀
수많은 노력을 했을 것이다

두꺼운 땅 껍데기를 찢고 나와
하늘을 우러러 산천을 보는 순간
양팔을 벌리고 환호를 했다

한 떨기 찬란한 꽃을 피우기 위해
등 허리가 휘어지는 줄도 모르고
온 힘을 다해 시달리며
땅을 짚고 앙증맞게 솟았다

화사한 봄

잔잔한 바람이 유희하며 사방으로
봄을 실어 나른다

조잘거리며
봉긋 망울 터트린 벚꽃 이파리들은
달빛을 바라보며 배시시 웃는다

돌담에 기대어 만개한
라일락꽃들은 칠성별과 마주하고
은밀함을 속삭인다

뻐꾸기 노랫소리에
너울너울 아지랑이 춤을 추고
자드락 진달래 수줍은 미소는
발그스레한 웃음으로 활짝 피워 냈다

만남도 잠시

한잎 두잎 떨어지는
벚꽃 나무 아래서
슬픈 눈물로 마지막 인사하고
돌아서는 등을 바라보며
울어야 했다

봄이 채 가기도 전에
광풍에 떠밀려
떠나야만 하는 그는
온다는 약속 없이
흔적도 남기지 않고 가버렸다

만남도 잠시
어느새 그는 가버리고
아쉬움에 흐느껴
밀물처럼 밀려드는
처연함은 이겨낼 수가 없다

위대한 위장

분쇄
가동을 해야 하기에
삼시 때가 되면
더 많은 노동을 해야 한다

물량 공급이
원활하지 못하면 헛가동하고
야간에 일거리가 들어오면
고장의 원인이 된다

물량이 없으면
속이 부글부글 끓어오르니
때를 거르지 말고
양 조절을 잘 해줘야 한다

위대한 그것은
쉼 없이 꼼지락거려야 한다

날 버린 여자

해원 상공에서
날아보기를 꿈꾸던 산새는
산 넘고 물 건너
대륙을 이탈하고 횡행했다

무정한 타관은
산새를 호락호락 받아주지 않았다

편안하고 질 좋은 환경에도
복을 차고 거기에 갔던 것은
무모한 짓이었다는 늦은 후회

그 어리석음에 대가는
쓰디쓴 세상맛을 보게 했다

그리움이 켜켜이 쌓일 테지만
이젠 처연한 몸짓으로
그 길을 가야만 해야 하는
어쩔 수 없는 불행한 외길

사회 초년생

둥지를 나온 어린 참새들은
연병장에 나란히 쪼그리고 앉아
훈련을 받으며 옹알이한다

뒤뚱거리는 걸음마와
퍼덕이는 날갯짓은 어색하다

날아야 한다는 신념에 역경을 견디며
꼬꾸라지기를 반복한다

운동장에 발 지문을 찍고
만취한 듯 서툰 점프를 연신 시도한다

푸른 하늘을 날고자 하는 의욕 감에
날개 부딪히는 소리만 요란하다

기러기 아빠

기러기는
구름을 타고 난다

불던 바람도 멈춰서
길을 비켜준다

처자를 두고 가야 하는
처량함은
그 홀로만 떠나게 하고

냉랭한 바람 뚫고
타관으로
나서는 길은 가혹하다

계절은 다시 온다지만

남보다 못한 사이

세상에서 제일
가까웠던 그대
이젠 쓰라림만 가슴에 남아 있네

자꾸만 눈가에
아른거리는 그대
돌아서 눈 감으면 잊힐까

유영하는 구름처럼
떠나가 버린 그대
추억의 그날은 다시 올 수 없을까

이것은 애초부터 정해진 숙명인가
짓궂은 운명의 장난질인가

연정

먼발치 있는 너의 향기로
물들어진 가슴은
부풀어 터질 듯하다

지난날 잊지 못하고
너를 향한 그리움 때문에
미로에서 헤맨다

맺지 못할 거라면
단념해야 하는 것을
날이 새면
그리워하고 애타는 사랑

구정물 같은 막걸릿잔에
어리는 얼굴 보며
눈물 흘리는
바보 같은 사내는
자괴감으로
죄 없는 가슴만 두드린다

동성동본

톡톡 터지는 도라지꽃 같은 볼에
상큼한 미소를 그리며 그때 기억을 떠올린다

수줍음은 순백의 사랑으로 물들어져 가고
뒤돌아서면 또 만나고 싶은 사람이었다

불꽃같이 타오르던 사랑은 피워내지 못하고
잔잔히 흐르는 시간 속에 잊혀야만 했다

뻔히 알았기에 더 만나지 말아야 하는 설움은
슬픔의 눈물로 떨구어야 했다

보내야만 했기에 보내줬는데 하염없이 생각나
맨날 울음 울며 지내야만 했었다

신혼부부

허물어진 돌담 뒤곁
포플러 나목 튼실한 가지에
부부로 뵈는 까치는
건축 공사를 시작하였다

보이지 않던 낯선 자재가
켜켜이 쌓이더니
둘만의 터전은 완공되었다

둘은 어름새로
둥지 주위를 연신 선회하고
큰기침을 하면서
성혼 선언을 선포하고
신혼 생활이 시작되었다

한 사나이 눈물

오늘처럼 비라도 오는 날이면
베란다 난간대를 잡고 흐느낀다

빗물 따라 눈물이 함께 흐르는 것은
아직도 감성이 살아서일까

옆은 의식도 안 하고
작은 덩치에 큰 소리 내 우는 용기는
설움이 아직도 그 안에 남아서일까

연초 하나 물고 희뿌연 연기 속에서
한바탕 실컷 울음을 토하니
후련해지는 속은 날개를 단 듯 가볍다

사랑의 끝은 외로움

그대 그리워 울음 토해낸 나날
나도 감당이 어려웠는데
그대는 얼마나 힘들었을까

만나면 언젠가 헤어진다고 했지만
가슴에 상처만 새겨 놓고 간 사람

내 마음 항상 그 곁에 있으니
부디 언젠가 그대 곁으로 흐르길

사랑이 이런 거였다면
바람 따라 이름 모를 먼 곳으로
정처 없이 그때 떠나버릴 걸
여운의 그림자는 끝내 방황한다

끈끈한 정

서로가 미워서 헤어졌지만
이내 아쉬움이 남는 것은

그대를 떠나보낼 적에는
쉽게 잊겠다고 했지만
지금도 보고파 지는 것은

세월이
몇 바퀴 흐른 지금에도
여전히 그리워하며
갈팡질팡하는 것은
그놈의 미련 때문인 걸까

보내고 갔으면 그만이고
이미 내 사람이 아닌 것을
처절한 고독과 싸우고 있는
자신이 비겁해진다

나는 나를

묵었던 슬픔이 몰래 비집고 나와
순간순간 가슴 저리게 할 때마다
여린 마음은 짓물러진다

지난날을 뒤돌아보며
버리려 했던 애한哀恨은
고스란히 남아 있고
아까운 화열和悅은 온데간데없다

무겁게 지낸 과거를 문득 되새기고
시름에 잠기니 괴롭기 그지없다

감정이 치밀 때는 마음을 어르며
삶의 무게감이 가벼워지는 날들이
곧 올 것이라 달래 준다

회치

서글픈 감성은 씻기고
부질없는 생각은 그만해야 하는데
정열을 되살리지 못하는 나 자신이
부끄럽고 비겁해진다

속으로 울부짖는
가슴 흔들리는 소리는
먼 곳 하늘까지도 울려 퍼질 듯하다

한 많은 삶 속으로 삭이며
꿈같이 아른거리는 괴로움을
깨트려야 해야만 하는 세상사 인지라

떠나가는 벚꽃

익은 햇살이 대지에 펼쳐진 봄

대문 밖에는 줄 이은 문상객들이
떠나간 그를 애도하며
하나둘 집안으로 발걸음 옮겨
조문을 와 숙연해 한다

잠잠하던 바람도 문을 밀고 들어와
울며불며 곡소리하고 퇴장한다

아지랑이 아른거리는 옆자리
드러누운 고운 꽃잎들은
훈풍에 몸 실어
하얀 손 흔들고 떠나간다

어떤 이의 초상

아깝던 젊음이
안타까운 그림으로 남았다

익숙하지 않은 중년의 숫자가
아픈 소리를 낸다

찌든 삶의 무게감에
밀려드는 설움을 넋두리한다

내 갈 길은 저긴데
세월에 젖고 젖어 자신을 잊은 채
길을 잃고 허덕인다

가슴 쪼개지는 듯한 애한이
반복되었던 엇갈린 운명은
이내 지우지 못하고
가죽을 파고 나온 허탈한 웃음만
사방으로 흩어진다

도량度量

새벽 찬바람은
곤하게 잠든 나를 흔들고
골목을 지킨 가로등 불빛은
여명에 맥 못 추고 꺼져가는구나

산골을 타고
밤새 달리는 바람 소리는
요란스럽기만 하고
늙은 소나무 까칠한 다리를
거침없이 두드리는구나

새벽녘 사찰 가에
기도 나온 다람쥐는
바람을 마주하며 지그시 눈 감고
두 손 모아 합장하고 있구나

되새김

울타리 덤불 오밀조밀 봄볕을 마시는
노란 개나리를 보며 세월을 곱씹어 본다

책보자기 둘러메고 돌다리 건너 논둑길로
등하교 하던 유년은 추억으로 남았다

방죽 둘레에 쪼그리고 앉아 세월을 잊은
강태공의 한량은 부럽기만 했었다

초라했던 삶도 더는 후회도 하지 않으며
덧없는 세월에 묻혀 미래를 꿈꾸려 한다

그늘 밭에 묻혀 엉클어진 삶을 살아왔지만
눈물은 더 흘리지 않으며 굳게 살려 한다

만고풍상

어려움을 많이 접하며 힘들어했고
가난과 싸움을 먼저 시작한 나

어떤 일이든 또래들보다 먼저 시작하고
그런 이유로 세월 흐름을 잘 알 수 있었다

가난에서 탈피하고 싶은 나는
없는 시간을 만들어 활용해왔고
그 시간마저도 부족해 하며 살았다

가난이 나를 강인하게 만들었기에
어려움을 이기는 수법을 일찍 깨달은 나

소리 내지 않고 우는 방법을 잘 알았고
괴로움을 많이 겪고 살았던 처량한 신세

장미 화

담 허리 휘감아
정열의 빛깔로
피어난 임이여

가는 이 등 보려
담장 위에 올라서
붉어진 임이여

가슴 부여잡고
석양 노을 아래
붉게 물든 임이여

상처받은 마음

모든 걸 다 주며 사랑한 그 사람
이제는 떠나고 남긴 것은
사랑이란 두 글자

모든 걸 뺏겨 가면서
그런 줄 모르고 보낸 긴 세월에
나는 나를 원망한다

이렇게 될 줄 알았더라면
그대 눈앞에 보이지나 말 것을
그 앞에서 얼쩡거린 내가 밉다

속 깊은 것까지 모두 빼준
뒤늦은 후회 때문에
끝내 남은 건 망가진 마음뿐

밤에 피는 장미

어제 낮엔
수줍어하며
고개를 수그리고 있어서
널 보지 못하고
되돌아갔는데

오늘 밤엔
진한 화장을 하고
날 기다린 듯
한자리에 곧게 서서
화사하게 미소 짓고 있구나

라일락꽃

연보라 풍
레이스 입은 한 여인은
길가에 서서
지나는 이
발목 잡는구나

가녀린 몸으로
쑥스러운 듯이
얼굴을 살짝 가리고
길가는
날 유혹하는구나

순수하게 피워왔던
굳은 의지는
땅으로 향하고
빛바랜 추억만이
몽글몽글
가슴 깊이 맺혔구나

노을

서쪽 하늘의 태양은
뜨겁게 끓어
붉은 피를 흘리며
하늘에 걸려 있다

서산을 넘다 말고
토해내는
붉은 피를 보니
심장이 후끈 달아오른다

멈춘 듯
멈추지 않는 해는
우리네 인생살이같이
쉬엄쉬엄 머물다
결국 서산을 넘게 되겠지

아 옛날이여

동산 언덕에
반딧불이 금빛 수놓을 때
소쩍새 울던 내 고향

무념무상으로 지내던
아득한 그 시절이 그립다

타향살이의
난관이 심해질수록
고향이 그리워지는 것은
당연지사

언제 어느 곳에 있다가
빈손으로 돌아가도
말없이 반겨주던
허름한 흙벽 고향 집

철쭉꽃

초록 잎새 뒤에서
몰래 지켜보다가
들켜버린 짝사랑

봄바람 시샘에도
머리에 열 오르듯
붉은 부끄러움이
진하게 번진다

끓어오르는 연모는
순간 열병을 앓고
동산을 빨갛게
물들인다

빨간 장미

립스틱 짙게 바르고
삶의 무게감에 고개 떨구고
새벽 운무 속에서
홀로 우는 가여운 여인아

가버린 사랑 잊지 못해
아직도 찬바람 냉기 속에서
핏빛 입술 깨물고
떨고 있는 가녀린 여인아

기다란 한숨 몰아 내쉬며
품어내는 진한 향기는
바람에 버려지고
기다림에 지쳐
허리 굽은 채 붉어진 여인아

서러운 꽃

피면서도 서럽고
피어 있으면서도
괴로워하는 것이
꽃이다

붙잡는다 한들
잡히지 않으며
잡을 수 없기에
가는 게 세월이다

피어도 영원히
머물지 않으며
때가 되면
져야 할 꽃이기에
화려하면서도
울고 있단다

인연의 끈

생채기가 곪아 피딱지 되어
떨어지는 줄 모르고
두꺼비 등같이
딱딱하게 거칠어진 손으로
아등바등

그 한 몸 희생하면서
자식 잘되기를 바란다며
땀 마를새 없이 살아온 세월이
얼마나 무거우셨나요

당신의 몰골에
두꺼워진 검은 주름을 볼 때마다
이 가슴엔 못이나 박힌 듯이
찔러대던 아픔은
아직도 상흔으로 남아 있습니다

삶의 무게

삶의 무게감을 알아갈 즘
갖가지 걱정거리가
가슴 가득 차올라
한숨 되어 넘어온다

한 걸음씩 걸어와
이순의 세월 동안 쌓은
꽃다운 선연의 진실이
송두리째 무너져 버렸다

등허리에 천만 근 짊은
범벅된 소금밭 되었고
이를 차근차근 녹이며
겸손으로 승화하려 한다

춘야春夜

소쩍새 울부짖는
호젓한 고향 산골
하늘의 별빛은
이슬비처럼 흘러내리고
보름 둥근달은
호롱불처럼 은은하다

방죽에 내려앉은 윤슬은
동공에서 반짝이고
누렇게 마른
갈대의 율동 소리는
작은 고요를 부른다

밤바람 싸늘한 오밤중
울안 꽃밭에
흐드러진 이팝 꽃 가지
달 비추니
마음은 구름 타고 떠돈다

한때 고장 났던 운명

야속한 속세는
나를 직간접적으로
괴롭히기를 반복했다

불상사는 빈번하게 터지고
나의 흔적을
더 남기지 않으려는
분주한 마음에 흔들리기 시작했다

깊은 산 조용한 곳에서
뜬구름에 멀쩡한 영혼을
날리려 했던 아련함도 상기된다

이젠 넓고 큰 하늘 아래
마음 고정하고
신이 주신 감미로움으로
내 안을 살피며
평안을 찾아가는 행로의 걸음이다

담쟁이 인생

벽면을
한 땀 한 땀 오르며
살아온 과거를
풀어 놓았다

갈 길이 멀어도
주춤거리지 않으며
서두르지도 않고
시나브로 오른다

얼기설기
흐트러진 몸
겸손하게 끌어안은
아름다운 동행

찬 서리 내리면
빈 허물만 남길 건데

잠 못 드는 호국

가고파라 고향 산천
가고파도 가지 못하고
낯선 곳 타향 풀숲에 묻힌 몸

몸 던져 불태운 청춘
그리운 부모 형제자매
그 얼굴 잊지 못해
눈 감지 못하고 구천을 떠돈다

부활할 수만 있다면
검은 나비 되어
고향 마을 언저리
하얀 찔레꽃 위에 앉아
나풀나풀 춤사위라도 보일진대

속앓이

거대한 가슴 열고
암흑이 내리는 하늘을 훑어본다

묵어진 검은 기억을
별빛 속에 던져 놓고 시간을 굽는다

떠나지 않는 기억들이
애꿎은 가슴만 태운다

여명은 세상을 반기는데
마음은 창살 없는 철창에 갇혀
꼼짝 못 하고 공포에 떨고 있다

언제쯤 맘 편히 하늘 자락에서
자유로운 영혼으로 날 수 있을는지

불멸의 욕심

무성하던 초목도
묵어지고 철 가니 시들해지고

자태를 뽐내던 화사한 꽃도
때가 되면 떨어지고

흐르던 물도 가다가
고여져 꼼짝 못 하며 썩어지고

하늘을 날고 유랑하던 구름도
바람에 흔적 없고

고운 노래 찍어 나르던
철새도 시기 도래하니 떠나고

팔팔하던 청춘도
세월 앞에서는 쓰러져야 하건만

하늘을 찌르는 몹쓸 요놈 욕심은
어찌 아니 사라지지 않는가

모닝 글로리

새아씨는 먼저 일어나
초록빛 치마 두르고
보라색 립스틱 바르며
낭군님 배웅을 한다

담 넘어
낭군님 가는 길
멀리까지 바라보다가 지쳐
땡볕에 졸고 있는 새아씨

가신 님 올 시간은 아직인데
임 기다리며 부르다가
목쉰 새아씨는
절레절레 목을 흔들고 있다

어머니의 동경

주린 배 잡고 눈물 말아진 냉수로
속을 채우던 어머니
그조차 한 모금 삼킬 때는
울컥하며 목에 걸려 넘기지 못하며

변변한 건건이 하나 못 놓고
피죽으로 어렵사리 연명하옵시고
장광에 말라진 빈 항아리 울림소리로
애심을 달래던 한스러운 피고개

기력 잃은 화통 소리도 늘어져 목매고
이산 저산 까마귀 소리칠 때
나도 쉰 목소리로 애달파라 울며불며
눈시울을 훔쳐냈습니다

한 육신 지독한 가난에 누추한 모습으로
몸부림치며 살았던
진한 그림자가 선하게 남았지만
더 해드릴 게 없는 죄 때문
이 마음은 곪아가고 있습니다

덩굴장미

옥죄며 철조망에 올라
임 마중하다가 붉어진 여인은
아롱이며 미동한다

한 모금의 물로 갈증을 달래고
사랑의 향기를 물씬 발산하며
화사해진 여인이어라

환상의 미모에 다가가
넌지시 바라보니
수줍어하며 붉어진 볼
슬픈 사연 토하며 고개 떨군다

능소화 절개

담벼락에 기대고 임 그리며
담 너머 먼 곳을
골똘히 바라보는 여인이여

땡볕도 아랑곳하지 않고
꼿꼿이 서서 임 기다리는
일편단심 달랠 길이 없어라

그 여인의 심상이나 아는 듯
시원한 바람 불어
치마폭을 들썩이는구나

곱디고운 화장하고
립스틱 혹여 지워질세라
내리는 비도 달갑지 않구나

장미 닮은 당신

흔드는 바람의 애무로
홀연히 황홀경에
흠뻑 젖은
불그스레한 홍채의 정열
미소 띤 당신의 자태에 빠져
그만 넋을 잃고 말았네요

오뉴월 그댈 보는 순간
이 가슴은 왜 이리도 시리고
눈시울이 붉어지는지

가까이 다가가 당신을 만지고
온기를 느끼면서
눈물을 말리면 아니 되나요

이별 뒤

살아 있음에 가진 이름 하나가
왜 이다지 슬프게 하는지
괴로운 맘 눈물에 담아버리지요

내 속을 할퀴고 간 사람이
어쩌다가 속에 머물러
가슴을 자꾸만 찌르는 건가요

떠나보내면 잊히리 생각했지만
아직도 예쁜 꽃 장미로 남아서
날 아프게 하네요

가난한 내 영혼 아픈 가슴
흐르는 시냇물에 말끔히 씻기고
검어진 가슴 한 잔 술로 헹구네요

외로운 항해

잔잔한 호숫가
소리 없이 내리는 가루비는
외로움을 부르고

산천을 휘감아 돌아가는
맑디맑은 계곡
벚꽃잎 하나 날리어
물결 위에 살포시 앉아
노를 저으며 정처 없이 떠난다

외로운 뱃놀이
너울너울 물결 따라
하염없이 어디론가 흐른다

늙어진 장미

찢어진 땅 껍데기 위에
청아함을 담장에 걸어 놓고
해님과 눈 맞추던 장미는
한 해 소임을 다하고 늘어졌다

기력을 전부 쇠진하고
오가는 이에게도 외면당하고
곱던 얼굴은 수심에 잠겨
넋 빠진 듯 고개 수그리고
흙냄새만 맡고 있다

퍼붓는 장대비를 맞으며
맥 못 추고 의지할 곳을 찾아
더듬거리다
휘어진 가는 뼈는 굳어져
동통으로 신음하고 있다

어머니와 상봉

흰 고무신 달랑 한 켤레
뜰 앞에 남겨 두고
아무 말 없이 자리 비우셨기에
이제나저제나 기다렸습니다

장맛비 그치기만을 기다렸는데
오늘 밤 희미한 은하 건너
추적추적 쏟아지는 빗줄기를
뚫고 오셨습니다

언제 어디 있어도
날 부르는 어머니 음성이 들려
긴긴날을 오매불망 기다리다가
오늘 밤 마주합니다

바람과 함께 구름 타고 가신 님
생전의 아픔은 잊으시고
드넓은 그곳에서
밤하늘 별처럼 영롱하옵소서

제목 : 어머니와 상봉
시낭송 : 박영애
스마트폰으로 QR 코드를 스캔하면
시낭송을 감상할 수 있습니다

작은 나비의 꿈

이 가슴속에는
열정의 나비 하나가 꼼지락거리며
행복의 텃밭을 개간하고 있다

슬픔을 달래던 이순 무렵 젊은 날
텅 빈 가슴에
홀연히 나비 하나 들어와 나풀거린다

여태껏 제대로 한번
날개를 펴보지 못했던 불행의 텃밭에서
행복의 터전을 일구고 있다

오늘도 밤을 잊은 작은 나비 하나는
희망이 가득 찬 날갯짓하며
환희에 불빛을 보고 힘차게 날고 있다

허무한 인생

광야에
잠시 머물렀을 뿐인데
구릿빛 얼굴에
깊은 골 생기더라

한 덩이
흰 구름이
머리를 스치니
잠깐 사이 백발 되더라

길은 멀고
할 일은 많은데
다리는 절름거리고
마음만 조급해지더라

애절함

전신을 흔들며
군무를 즐기던 코스모스는
불어난 도랑물에 잠겨
울고 있을 때
달빛마저도 구름 속에 갇혀
어둠을 부르고 있다

돌무덤에서 유희를 즐기던
밤 벌레는
애절한 심상을 달래며
목청 높여
밤새도록 구슬피 울어 준다

떨어진 꽃 이파리는
떠돌며 방황하다가
불어난 물에 떠내려가고
내 볼에 흐르는 아린 눈물은
코언저리를 타고 흐른다

코스모스 여인

순박하고 가녀린 여인은
미소진 얼굴로 다소곳이 서서
누굴 기다리듯
머나먼 곳을 바라보고 있다

얼기설기 엮어진
청초한 치맛자락 휘날리며
홀로선 여인은
바람에 몸을 맡긴 채
가을 문턱을 두드린다

말간 하늘 아래 찬 바람 불어
알록달록 꽃잎 물들고
휘영청 달 밝은 밤
먼 버덩에서 귀뚜라미 곡하니
텅 빈 마음 궤적만 덩그러니

비련

그대를
잘 모르고
가까이한 것은
눈앞에 친 희뿌연
거미줄 때문인가요
눈이 먼 이유입니까

이젠
모든 것 다 잊고
떠나가야 하지만
미련이 많아
그대를 떠날 수 없네요

내 가슴이
더 멍들어지기 전에
돌아서야 하건만
발을 떼지 못하는 건
그놈의 정 때문입니까

여름밤

잔잔한 주름 파도는
시야를 꽉 채우고
신선함이 파고드는 한여름 밤

맥문동꽃 숲에
귀뚜라미의 떼창이 시작되고
청아한 멜로디가 고막을 꽉 채운다

노랑 민들레 머리 풀고 고개 젓는 밤
가까이서 들리는 개구리 합창은
달팽이관 나선을 울린다

곡예 하듯 쏟아지는 별빛은
이 내 작은 가슴으로 흠뻑 쏟아져
황홀경에 빠지게 한다

작달비 다녀간 밤

누구에 의지를 시험하려는 건가
무시무시한 작달비는
하늘이 구멍 난 듯 쏟아붓는다

말 못 할 억울함이라도 있는 건지
거칠게 토해내는 애절함에
이내 맘도 울먹인다

선택이 아니기에
순응해야 할 상황이지만
준비 안 된 이 밤
아름다운 꿈은 무사할 수 있을까

칠흑 같은 어둠 속에
날카롭게 번쩍이는 번개와
큰소리로 호통치는 천둥으로
놀란 심장 박동은 널뛰듯 한다

내 것은 어디에

흐르는 게
어디 물뿐이던가
세월도 흐르고 눈물도 흘리면서
저물어가는 게 인생사

걸어온 길
세월의 곳간을 열어본다
얻은 것보다 잃은 것이 더 많아
부족함을 느낀 나날

어차피 세상에
내 것은 어디 하나 없었다지만
그래도 내 몫은 찾아
만져나 보고 가야지

구름은 나를 아는 듯
아픔을 토해내며
부러진 눈물을
쉼 없이 몇 날씩 뿌려대는구나

탈피하고 싶은 나

공허한 마음은
을씨년스런 냉랭함만 맴돌아
조각난 심상이다

미친 듯 불어닥친 바람에
고정하지 못하고
마음은 뿌리째 흔들거리는데

생채기로 곪아진 가슴은
마른 낙엽이 뒹굴다 멍들어
돌 틈에 꽉 낀 심정이다

나를 붙잡고
놔주지 않는 너 때문에
둠벙에서 허우적대는 달빛처럼
그대의 늪에서 몸부림친다

그리운 어머님

담 너머로
자박자박 들려오는 빗소리는
마치 어머님의 발소리 같아
귀를 가까이합니다

점점 커지는 그 소리는
금방이라도 내 이름을 부르며
문을 열 것만 같습니다

어두움을 안고 내리는 비가
기다려지는 것은
아마도
어머님에 대한 그리움이겠지요

어머님은 보이지 않아
서러움에 눈시울 적실 때쯤
비는 그치고 순풍이 오는 것은
어머님이 선사한 자장가겠지요

장마 속 폭우

어디까지 해볼 것처럼 작정한 듯
인간의 한계를 시험하는 걸까

대지를 향해
성난 칼 비를 휘두르기 시작하더니
온통 핏빛 물로 포장하고
길을 잃게 하더니 돌아갈 줄 모른다

딱딱하던 대지를
물렁한 바다로 만들어
하루하루를 황폐하게 삼키고
죄책감 하나 없이 다시 또 시작이다

아수라장에 갇혀서 발버둥 치며
아비규환 하고 있는지를
알든 모르든
시련의 수렁탕으로 마구 몰아넣는다

냉가슴

창문을 깨는 듯한
새 찬 빗줄기가 몰아쳐
적막한 어둠을
지새게 하는 오늘 밤도

양철 대문
두드리는 소리는
모질게도
냉가슴에 파고들어 온다

많은 비가 내리는
그날도
볼을 타고 흐르는 눈물은
뜨겁게 아려온다

그 사람을
떠나보내고
야위어진 마음에는
그리움만 켜켜이 쌓여가고

무거운 세월의 강

어제도 오늘도
내 안에 영혼은
자신의 앞을 가로막으며
휘청이게 한다

비틀거리다가
빈 들판에 노숙의 자리를 잡고
측은한 샛별을 보며
무거운 몸을 눕운다

오래도록 묵어진
마음의 상처를 보듬으며
구슬피 울어대는 밤 벌레와
벗 되어 나도 운다

나그네 가는 길
걸음은 무겁기만 한데
레일에 오른 그 열차는
세월을 싣고 거침없이 달린다

풍요의 바다

맑디맑음이 포개져
푸른빛이 너울대고
바라만 보아도 내 것처럼
풍요로운 바다

바람에 떠밀려
가도 가도 끝이 없고
하늘 끝에 맞다 보이는 듯
하늘을 짊어진 바다

출항하는 고깃배
뒤따르는 청춘의 갈매기
앞서거니 뒤서거니
힘차게 나는데

정박한 배 지붕에서
등대만 바라보다 늙어진
만사 귀찮은 외골수는
아직도 등대 바라기

차라리 허수아비가

갸우뚱하며
고개를 저어 본들
엮인 매듭을 풀 수 없는 것처럼
얼기설기 만감이 교차한다

솔버덩에 연륜 가득한
하나의 늙은 소나무처럼
묵어진 세상사
느지막이 곰삭아 제맛 들어간다

힘껏 손 내밀어 잡으려 해도
잡히지 않는 바람 같은 것을
끈질기게 잡아보려 함은
절대적 과욕이 아닌가 생각된다

모두 두고 가야 함인데
보이지 않는 것조차
마지막 순간까지 두 손 불끈 쥐고
움켜쥐려고만 하는 어리석은 삶

꿈이 변해

매일 밤이면
너의 향기가 몹시 그립다

멀리서 날리던 는개가
안개로 피어나
천사처럼 날아오르는 것은
몽매 속의 판타지였던가

헛뵈는 것은
어디 그뿐만 이던가
한 커플 나비 되어
새벽 오는 줄 모르고
짝지어 이리저리 훨훨
나풀대며 날기도 했었다만

이젠 그렇고 그렇게 됐다
찐한 인연도 멀어지니
멀리 있는 꽃조차도
보기 싫어지고
슬픔만 걸판지게 밀려올 뿐

바보 같은 사내

찰랑대는 술잔을 앞에 두고
넋 나간 이 마냥
허공을 보는 듯 마는 듯
초점 잃은 한 남자

한잔 술에 취해서일까
서글픈 사연에 젖어서일까
그 남자는 조금의 미동도 없이
고개만 떨군다

말뚝 마냥
덩그러니 앉아
말라가는 술잔을 채워가며
꼬인 혀로 못된 말만 씨불인다

들이켠 술에
기쁨의 순간은 고갈되고
당당하던 자존감은
생채기로 만신창이 된 채
구겨진 인상으로 쓰러져
악몽에 시달리다 깨어
멀쩡한 밤을 뜬눈으로 지새운다

강가의 판타지아

별들도 지쳐 누운 가을밤
어둠이 고요를
독차지하고 있는데
나뭇가지에 걸린 달님은
옴짝달싹 못 하고
욕심을 버려야만 하는구나

하늘벽에 농익은 별들은
하나씩 따 담으며
다른 내 모습을 재발견하고
나 걸어온 발자국은
출렁이는 강물의
잔잔한 물비늘이 지워준다

풀숲에서 시작된 서곡
연이어지는 심야의 세레나데
처량한 밤벌레 소리는
천상 내 맘이로구나

매운탕 된 물고기

얼기설기 짜인 그물에
걸려든 것도 원망하지 말고
부끄러워하지도 말게나

영혼 없는 육신은
황금 냄비 안에서
온기를 느끼며
꿈도 없는 꿀잠을 맛보면서
천천히 식어가야 함이
운명인 것을 어찌하겠나

벌건 물속에
잠겨져 있는 동안
두 눈 꼭 감아야 하고
아랫목 따뜻해질 테니
한숨일랑 쉬지 말고
그냥 편하게 누워 계시게나

가을날의 비애

찬 이슬 내린 아침
뽀얀 안개를 밀어 올리고
동산 마루에
얼굴을 보이던 태양을
검은 구름이 뒤덮어 버렸다

산자락을 흔드는
맹렬한 폭풍우와 천둥은
계곡을 휘저으며
뇌를 절단할 듯 번뜩이며
벌건 칼날을 연신 휘두르며
매섭게 큰소리친다

바야흐로
가을의 문턱인데
솔가지에 외로이 앉은
한낮 부엉이 앙칼진 곡소리는
처량하기 그지없다

새끼를 전부 잃은 단 감자

강렬한 애무로 살가죽을 후벼파고 난데없이 달려든
그자의 몹쓸 짓으로 원치 않는 이성이 흔들렸다

누구의 것인 줄도 모르고도 태동을 느끼며
연홍색 작은 생명체를 끌어안고 피와 살을 붙여줬다

재변의 요란에도 노심초사하며 애지중지 끌어안고
만삭이 되어 탯줄이 잘리는 순간 통증을 견뎌야 했고
상처의 진물은 검은 딱지로 말라 있다

사지가 끊어져 나가는 산고를 겪으며 모든 게
그자의 검은 손으로 넘어가 모두 강탈당하고 말았다

촌로의 비운

뒤꼍 감나무 꼭대기에
쪼그리고 앉아
악으로 질러대는
까마귀 울음에
고된 몸을 세우는 촌로

먹구름 낀 하늘 아래
무거운 몸을 이끌고
신작로 먼지 속에 묻혀
들녘으로 가는 그는
수심이 가득 차 보인다

새끼 돌보듯 키워온
농작물들의
낭자한 꼴을 보며
커지는 한숨만 토하고
숨 가쁘게 살아가는
촌로의 검은 얼굴엔
골 깊은 주름만 자란다

그대를 생각하며

밝은 달 아래
그대 닮은 그림자 서성이면
더욱 보고파지는 사람아

이순으로 향하는 그대는
내 아팠던 상흔조차
까마득히 잊고
내 흔적마저도 지워가겠지

하지만 난 그대 그리움에
날마다 멀건 술잔을
가득 채우고 비워도
어수선한 가슴 애닳는구나

목젖 부르트게
강울음 우는 내 심정
갈 하늘 울고 가는 기러기와
동병상련이구나

어느 노인

두텁게 검어진 살갗에
헤아릴 수 없는 골 깊은 주름은
모진 인생 나이테

인연의 끈은 끊어지려 하는데
그 사랑 은혜 다 갚지 못함에도
곁에서 자식을 지켜 주려 함에
눈물이 나요

굽어진 등에 햇살은 번지는데
차디찬 바람이 뼈 시리게 하고
이를 막아 드릴 수 없음에
빗으로 남아지니 한이오

사시다가 시기 도래하면
하늘의 뜻에 따라가실진데
인생극장 급행열차 한 많은 삶

어느 바닷가에서

빈 백사장에 철퍼덕 앉아
봇짐에 담아 간 고독을 꺼내서
하나하나 던져버렸습니다

객꾼 떠난 바닷가 백사장에
홀로 남은 나를
떠돌다가 귀향하는 파도가
반겨 줍니다

저 멀리 바다로 빠져
빨갛게 젖은 낙조는
지나던 고깃배가 갈래질 하고
모른 체 꼬리를 흔들며
포구를 찾아 머리를 돌립니다

먼 여로의 길을 유영하던
하얀 포말도
어둑한 외딴섬 바위 곁에 기대고
스르르 잠에 취했습니다

못 잊어

사랑의 불씨 하나
가슴에 피워 놓고서
무정하게 등 돌린
그 사람 찾으러 간다

얼마나 눈 비벼야
얼마나 헤매야
만날 수 있을 수 있나

뜨겁던 그 사랑은
모두가 거짓이던가

냉정히 발길 돌린
그 사람 잊어야 한다

지우지 못할
사랑 하나 때문에
무지렁이는
가슴에 못질한다

어느 바닷새의 꿈

잔잔한 파도에 뜬
어정의 바지랑대에 앉아
비린 바람 머금으며
바다 끝까지 가고파라

바람 타고 가다가
밤 오면 거기 달빛 아래서
하늘에 소원 빌며
하룻밤 홀가분하게
묵어지고 파라

그간 흘린 땀과
마지막 남은
한 방울 눈물마저
해풍에 뽀송하게 말리고
노래도 부르다가
채심 고상하게 영글 때
더 멀리 높이 날기 위한
꿈을 가득 담아
돌아오고 싶은 갈매기

갈대의 아픔

달려든 바람 피하지 못해
사지가 찢어지고
아픔이 몰려오는
고통을 참아내며
강 건너 계신 임 그리며
발 못 떼고 기다리는 설움

어제도 오늘도
풀어진 머리
손질 못 하고
산발한 모습으로
그 자리를 떠나지 못하는구나

내일은 모래는
머리 매무새
가지런히 하고
그리던 임 만날 수 있었으면

산사에서

해 기울 무렵
산사 마당에
불자 아닌 불자
우두커니 서 있다

거뭇해진 해 꼬리 잘리고
희미한 상현은
허한 가슴을 비춰준다

절집 마당
그림자 길어질 때
쇠 북소리
노송 뼛속까지 파고들고
길 잃은 새 무리
허공에 몸 싣고
두리번거리며
어둠을 가로지른다

억새

검불에 묻혀
핏기마저 잃고
구차하게 늙어 야윈 몸
대자연 앞에
겸허히 고개 수그린다

밤새 젖은 찬 이슬
가볍게 털어주던
바람도 아니 오고
기다린 해는 늦어지나
고정된 몸은
떨며 기다려야 했다

어느새
퇴색된 머리털은
모조리 벗겨지고
그루터기처럼
빈사로 견디면서
하늘만 바라보는 비운

잎새

기나긴
나날 동안
끈질긴
줄다리기 끝에
삭풍 내려오니
고르지 못한
맥박은 멈추고
혈은 굳어간다

낡아버린
세월 앞에
호흡은
그때 그렇게
멈춰지고
멍석 잠들어
처연하게 묻힌다

럭셔리한 가을

철없이 마냥 웃고 있는
가을 장미화
계절을 깐보듯
비아냥거리며 당당하다

고적해 보이지만
부러움의 대상
요염한 자태는
눈길을 끌어
나그네 발길 사로잡는다

나 지나는 길
신비로운 시월 꽃
귀뚜라미 걸판진 타전 음
눈동냥 귀동냥 거저 하는
가을은 실하게 익어간다

쓸쓸한 만추

진초록
들썩이던 높은 뫼
청춘은 어딜 가고
시든 노년만
바닥에 누워 나뒹군다

만추라 하더니
가을 매서운 손짓에
쏟아진 황금
길거리서 장송곡 한다

묵어진 세월에
시름시름 앓아가며
핏기 없이
빛 잃은 낙엽
다비소를 향해 떠나는
처연한 최후의 길

그때 그 강가에서

그대가 생각날 때면
자주 찾았던 그 강가에서
그대 그림자 보이기만을
초조한 심정으로 기다려 본다

사방에서 부는 바람은
갈대 그림자만 요동치게 하고
정작 내가 기다리는
그림자는 정녕 보이지 않는다

쓸쓸하게 하는 가을날
멀리 서산마루엔
붉어진 노을 무리를 남기고
기러기 떼는
고향을 등지고 머리 위를 난다

땅거미 진 밤 갈대는
작은 바람도 이기지 못하고
설움에 곡조를 읊으며 서 있고
나는 강둑에 말뚝처럼 서서
밤 기차 울고 가는 불빛을 본다

빠른 세월

세월이
조몰락거려
병풍 같은 명작을
만산에
두루두루
선사하더니
금세 찬바람에
나체로 변해가는구나

교차하는
계절에
백발 갈대도
작은 요동에 쇠약해
몸살 앓고 누웠고
푸르던
내 청춘도
잠깐 사이
검던 머리엔
하얗게 서리 앉았구나

자연의 선물

산사 처마 귀퉁이
풍경 소리는
청량하고
빛 고운 단풍은
하늘에 손 흔들며
가지 끝에서 곡예하고
골짜기 약수터
수정같이 맑은 물
우듬지 사이로 비친
햇살 끌어안고
금빛 반짝인다

산기슭 숲길에는
메타세쿼이아
향기로움 발산하여
길손 후각을 자극하고
술 취한 듯 비틀거리며
허공을 누비고
패러글라이딩하는 갈잎
사뿐히 착지한다

가난한 철새

칠흑으로 깜깜히 덮은 밤
궂은 비는 어둠을 뚫고
땅 껍데기에 생채기를 낸다

무례한 그날 흠뻑 맞은 비로
추위를 피하지 못하고
갓난이를 끌어안은 채
냉 고래 바닥을 데우고 있다

허기에 울고 있는
아기 새의 옹알이 보챔에
자리를 박차고 일어났지만
기력이 달려 결국 날지 못하고
땅바닥에 주저앉고 말았다

사금파리에 찔린 듯
주린 배 깔고 둥지만 지켜보며
가슴 아파하다 붉어진 눈시울

할머니의 수호신

뒤꼍 텃밭에
까슬까슬해진 감나무는
예로부터 할머니의
수호신이었습니다

날이면 날마다
정화수 갈아 올리고
할머니는 합장하십니다

당신의 아픔은 제쳐두고
가족의 안녕을 고하며
상전 모시듯 빌었습니다

고목 된 감나무는
할머니가 좋아하시던
물렁물렁한 홍시
한아름 껴안고서
학수고대
할머니를 기다립니다

떠나가는 단풍

엄마 손을 놓쳐
바닥에 주저앉아
울고 있을 적
지나는 바람결에
노예 되어 재주를 넘으며
돌부리에 차였다

만추에 들어서
알록달록 고운 옷
모처럼 갈아입어 봤건만
반기는 이 없고
인적의 발길에
즈려밟혀
또 한 번 울음 울고

올 한 해 마지막
아쉬운 여운을 남기고
추레한 모습으로
낭자한 작별을 고한다

짧은 인연

잠깐 왔다가는
계절이 아쉬운 듯
알 수 없는 소리 하며
열병에 몸서리친다

마른 자취를 남기며
풍상에 낭자한
사연만 전하고
거리에서 방황한다

검불로 포개져
바스락거리며
신음하고 있을 적
발길은 피하지 못하고
그들의 목을 옥죄었다

다비식 길에 오른
영혼 없는 연기는
모락모락 피어
하늘길로 향하며
그렇게 처연히 식었다

삶에 대하여

찢어진 마음속으로
파고들어 온
질풍은 파도를 일어
넘실대며 울렁이게 한다

매섭게
흘러간 세월을
멍하니 바라보던 동공은
초점을 잃고
눈꺼풀에 덮여 가려진다

인생사
첩경의 길 뛰어왔지만
실하지 않은 삶
더 멀리 뛰어야 하기에
헐떡이는 숨은 가빠진다

지난 세월
뒤돌아보며
큰 허용 부리지 아니하며
청초하게 일취월장하며
건강한 인생 되도록 한다

양식장 물고기

어릴 적부터
작은 공간에 갇혀
드넓은 바다 멀리
지느러미 짓 못해 본 설움

손도 발도 날개도 없는
신체 조립 구조상
어쩔 수 없는
불리한 조건의 운명인 것

어부를 따라 차에 타고
즐거운 여행길 인가했건만
멀미하며 도착한 곳은
비좁은 유리관

창살 없는 옥살이에
입맛 다셔도 먹을 건 없네
고향에서 먹던 음식
배불리 얻어먹고 올 것을

겨울 개망초

모두가 떠나고
아무도 없는 길거리서
사방을 두리번거리며
어느 임을 기다리나

쓸쓸히 나 거닐며
너 마주하니
안쓰럽기 그지없구나

넌 춥지도
외롭지도 않니
설한 오면 너 괜찮을까

알싸한 내 가슴
석빙고에 고드름 되었다

사라진 꿈

나를 떠나려는
꿈들이
저기 저기
슬금슬금 꽁무니 뺀다

사무치게
밉지만
날 버리고
등 돌리는 걸 어쩌겠나

잡을 수 없어
난 그만
빈주먹 쥐고 오도카니
삶의 무게감 저울질한다

알맹이 없는
세월은 갔지만
비상한
내일의 꿈을 꾸려
무거운 몸 아랫목에 뉜다

그대 한 사람

그대 이 가슴에 와닿기 전
녹아버린
눈덩이 같은 사람

마른 꽃잎이
단비를 기다리듯
추억을 되새김하며
세월을 타고 가지만
내 마음속 그대 한 사람은
지울 수가 없구려

나 그대 그리워
행여 어디서 나타날까
비 올 때면 그 비 흠씬 맞으며
장승처럼 마냥 서 있구려

미운 사랑 고운 사랑
머문 그 자리
지울 수 없는 절절한 순간
그때를 기리며 여삼추 한다

선경(仙境)

녹음 짙어 푸르던 뫼는
벌거숭이 나목들만
거리 두기하고 멀찍이 서 있다

외로운 부엉이
목멘 소리 하는 뒷산엔
지나가던 달빛도 멈칫거린다

빈집 울타리
측백나무 가지에 앉은 굴뚝새
은은한 향에 취해 잠들고
기와집 처마에
자리 잡은 참새 부부
이른 저녁 둥지에 드니
양철 문틈으로 들어온 실바람도
소리 없이 잠을 청한다

과메기로 환생 된 청어

유유자적 맘껏 노닐다가
인간이 던져 놓은 망에 걸려든 나
그물을 흔들어 보지만
옥죄는 전신은 동통으로 지쳤다

탕에 들어가 목욕재계 후
널따란 모래밭에 그네 타며
고향 바라보고 과거를 회상한다

비린내 나는 알싸한 해풍 맞고
햇살 머금으며 진땀 빼는 동안
시나브로 몸은 꼬들꼬들 굳어진다

뭍으로 올라와 혼은 하늘을 날고
덩그러니 육신만 남아
인간의 손에 의해 난도질당했다

비록 몸은 희생되었으나
인간들의 입을 즐겁게 하고
턱과 목 구역을 깔딱거리게 하였다

두부로 변신한 콩

통통하게 야물어진 몸
냉탕에서 흥건히 몸 불리고 나와
살결이 매우 부드러워졌다

빙글빙글 회전 석마(石磨)를 타고
어지러운 세상 쓰라린 경험을 하고
그 몸은 만신창이가 됐다

열탕에 들어가 화상 입은 몸
전신이 옥죄며 꼼짝 못 하고
궤짝으로 들어가 그 몸은 굳어졌다

실신해 스르르 깨어 보니
부드럽고 뽀얀 살결에
물렁하고 거대한 몸으로 환생하였다

그대를 사랑했기에

단 하나 내 사람이었던 그대가
그때 토한 울음을 삭이지 못해
세월 강에 날리고 나 이제 웁니다

돌이킬 수 없는 기억 속 불씨들은
아직도 포자가 되어
가슴 한자리에서 점점 커집니다

조급한 판단으로 저질러 놓은 짓
되돌릴 수 없기에
부스럼으로 남아 진물만 납니다

앞을 헤아리지 못하고
미련하게 좋아만 했었기에
지금은 혼돈에서 허우적거립니다

한쪽 날개를 잃고 날다 기울어
추락하는 어떤 새처럼
내 심장 박동도 고르지 않습니다

멍울진 가슴

나를
위로해 주던
그대 손길은
혹한의 북풍처럼 시렸고
뜨겁던 심장은
이미 식어
가식적임을 눈치챘다

지난날
어리석음에
내 지금의
추레한 처지가 된 것을
구태여 또다시
부스럼을 긁어 진물 내는구나

고해 당한 영혼은
오지 않은 아픔을
치유하려고
새봄 길목에 줄 서서 기다린다

어머님 모습

글썽이는 눈동자
그 안에 한 사람 있습니다

세월 강 건너는 동안
불효한 죄로
한 사내의 삶은 늘 처연합니다

만고풍상에 뒤척이고
너울 파도에 부딪히며 살아온 청춘은
까만 살갗에 골 깊어지고
차츰 기억조차도 흐려지더니
흥건한 땀방울만 재로 남기고
바람 따라가셨습니다

몇 걸음 안 되는 곳에 누워 계신 데도
선뜻 뵐 수가 없기에
마음은 천근만근 무거워집니다

마음 깊어 숙연해질 때면
생애 어머님 모습이
이 못난 자식 동공을 가득 메웁니다

어머니란 이름

가시밭길 수만 리를
하루같이 걸어오신 어머님
새끼 배곯을까 맘 아파하며
정작 당신께서는 끼니를 잊고도
허기가 왔다 간 줄도 모르고 사신 님

가진 건 달랑 몸뚱어리 하나
척푼척리 쪼개고 아끼며 살아도
고행의 길은 태산 같기만 하였다지요

광년 어느 날 하루를 갈무리하고
지친 몸 툇마루에 맡긴 채
삶을 되뇌시며 울먹울먹하시던
그 모습에 이내 맘은 아리어집니다

걸으신 길 가슴에 묻고
새끼 사랑 주름 골에 가득 채워
날개 다신 어머님이 눈에 어리어
나 그 툇마루에 걸터앉아
당신을 그리면서 눈시울 붉힙니다

아버지

없는 것들이 많던 시절
그것들을 채워보려
사지를 괴롭히며 고생하시던 아버지

다른 건 다 아껴도
당신 몸 하나는 아끼지 않고
삭신이 부서지도록 욕심 많던 아버지

동트기 전부터 넘나들던 두렁은
기름칠한 듯 매끈하게 닳아 있고
저녁이면 녹초가 되어도
표정을 달리하며 살아오신 아버지

손발이 부르트도록 들판에 살았어도
지독한 가난에서 벗어나지 못하고
노송처럼 굽어진 허리로
고단한 삶을 살다 살다 가신 아버지

어머님의 기도

정작 당신 몸은
고장 나 삐걱거리는데
눈 뜨면 자식 잘 되라고
두 손 모으는 검은 거북손

걱정을 일삼아
늘 습관처럼 하시는
당신께서는
해가 너무 짧다 하셨지요

부처님 뵈러 가자니
발이 짧아 더딘 걸음
다 못 가고 서낭당에 엎드려
염원을 빌어 올리십니다

어머니라는 질긴 이름으로
하시는 일
오롯이 지극정성
빌고 빌고 또 빌며
본향의 길을 택하신 어머님

갈화(葛花)

하늘 보기 부끄러워
더는 오르지 못하고
고개 숙인 보랏빛 순정

수줍은 새아씨처럼
힐끔힐끔 곁눈질하며
아스라이 매달려 있다

여름 오는 산기슭에서
서럽도록 목메 울다가
시퍼렇게 멍들어지네

짙은 그리움

불빛들이 꺼져갈 때
울음을 터트리고
텅 빈 하늘 아래
그 이름 소리쳐 불러본다

울컥해져 밀려드는
괴로움을 참지 못해
흐르는 눈물은 뺨을 데운다

그만 생각하기로 하고
정녕 그대 생각날 때마다
나 외롭지 않게
내 안에 두려 한다

숨어 우는 무지렁이

안영준 제2시집

2024년 1월 29일 초판 1쇄
2024년 1월 31일 발행
지 은 이 : 안영준
펴 낸 이 : 김락호
디자인 편집 : 이은희
기 획 : 시사랑음악사랑
연 락 처 : 1899-1341
홈페이지 주소 : www.poemmusic.net
E-Mail : poemarts@hanmail.net

정가 : 12,000원
ISBN : 979-11-6284-511-0

저작권자와 맺은 특약에 따라 검인은 생략합니다.
잘못된 책은 교환해 드립니다.